Naoki Matayoshi - Shinsuke Yoshitake

ÉRASE UNA VEZ UN LIBRO

Traducción de Marina Bornas

PLAZA JANÉS

Papel certificado por el Forest Stewardship Council®

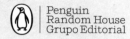

Título original: *Sonohonwa* / その本は

Primera edición: octubre de 2024

© 2022, Naoki Matayoshi y Shinsuke Yoshitake / 又吉直樹、ヨシタケシンスケ
Todos los derechos reservados
Publicado originalmente en Japón en 2022 por Poplar Publishing Co., Ltd.
Publicado en lengua española por acuerdo con Poplar Publishing Co., Ltd.
a través de The English Agency (Japan) Ltd. y New River Literary Ltd.
© 2024, Penguin Random House Grupo Editorial, S. A. U.
Travessera de Gràcia, 47-49. 08021 Barcelona
© 2024, Marina Bornas, por la traducción

Penguin Random House Grupo Editorial apoya la protección de la propiedad intelectual. La propiedad intelectual estimula la creatividad, defiende la diversidad en el ámbito de las ideas y el conocimiento, promueve la libre expresión y favorece una cultura viva. Gracias por comprar una edición autorizada de este libro y por respetar las leyes de propiedad intelectual al no reproducir ni distribuir ninguna parte de esta obra por ningún medio sin permiso. Al hacerlo está respaldando a los autores y permitiendo que PRHGE continúe publicando libros para todos los lectores. De conformidad con lo dispuesto en el artículo 67.3 del Real Decreto Ley 24/2021, de 2 de noviembre, PRHGE se reserva expresamente los derechos de reproducción y de uso de esta obra y de todos sus elementos mediante medios de lectura mecánica y otros medios adecuados a tal fin. Diríjase a CEDRO (Centro Español de Derechos Reprográficos, http://www.cedro.org) si necesita reproducir algún fragmento de esta obra.

Printed in Spain – Impreso en España

ISBN: 978-84-01-03194-6
Depósito legal: B-12726-2024

Compuesto en Comptex&Ass S. L.

Impreso en Gómez Aparicio, S.L.,
Casarrubuelos (Madrid)

L 031946

ÉRASE UNA VEZ UN LIBRO

Prólogo

Érase una vez un libro en cuya portada
figuraban los nombres de dos hombres.

Fue escrito por orden de un rey.
He aquí la historia que contaba.

Había un rey al que le gustaban mucho los libros, pero era muy viejo y estaba casi ciego.

El rey convocó a dos hombres a su castillo y les dijo lo siguiente:

—Me gustan los libros. Hasta ahora he leído muchos,
creo que la mayoría de los que existen.
Pero me estoy quedando ciego y ya no puedo leer.
El problema es que aún me gustan los libros.
Por eso ahora quiero escuchar historias que hablen de ellos.

»Quiero que recorráis el mundo entero en busca
de personas que conozcan historias sobre libros interesantes.
Después, volveréis al castillo y me las contaréis.

El rey les dio dinero para los gastos
y los dos hombres partieron
en su viaje alrededor del mundo.

Un año más tarde, regresaron al castillo del rey.

Noche tras noche le contaron al rey,
que ya estaba postrado en cama,
las historias sobre libros que habían ido
escuchando de distintas personas.

—Y entonces me dijo:
«Érase una vez un libro que…».

Érase un libro que podía correr tan rápido

que nadie era capaz de leerlo.

Como ningún humano podía seguirle el ritmo,

enviaron tras él a un guepardo

que logró leer la portada.

Ahora buscan la forma de alcanzar al guepardo

para preguntarle cuál es el título del libro.

Érase un libro que tenía un gemelo.

Como eran gemelos,

se parecían mucho en la forma y el contenido.

Para distinguirlos solo hacía falta lanzarlos al cielo

como si fueran aviones de papel.

El que se abría por la mitad y volaba batiendo las páginas

era el hermano mayor.

«¡Dejadme en paz!», gritaba el otro cuando lo lanzaban.

Era el hermano menor.

Érase un libro que estaba en búsqueda y captura.

Cuando la policía fue al piso donde vivía, un vecino les dijo:

—El inquilino de este piso se mudó hace unos días.

Lo buscaron por todo el país.

Varios testigos aseguraron haberlo visto, pero no lograban dar con él.

Tras una exhaustiva investigación, finalmente le echaron el guante.

El libro apareció en los alrededores de la casa

donde vivía el volumen ocho

Fue una gran hazaña de la policía percatarse de que

este libro era el tomo siete.

Érase un libro que solo era un libro,

pero se extendía de norte a sur.

Vivía en él mucha gente

y flotaba sobre un inmenso mar.

Ahora bien, ¿qué es este libro?

Una pista: en primavera florecen los cerezos,

en verano hay festivales como el Tanabata,

en otoño los árboles se tiñen de rojo

y en invierno se comen mandarinas junto al brasero.

La respuesta correcta es Japón.

Érase el libro más romántico del mundo.

Cuando le sirves una copa de vino con música de jazz,

mientras la luna brilla en el cielo nocturno,

se pone aún más profundo.

Érase un libro que, cuando caía al suelo,

rebotaba como un balón de baloncesto.

Un grupo de amigos aficionados a los libros y al baloncesto

iba al colegio driblando libros.

Érase un libro demasiado alto para utilizarlo de almohada.

Hay que procurar no lastimarse el cuello.

Érase un libro que se adelantaba un poco

al crujir cuando pasabas página.

Era muy irritante oír el crujido

cuando aún no habías vuelto la hoja.

Segunda noche

Érase un libro
que tenían
todos los habitantes
de un país.

Todos los bebés recibían
un ejemplar al nacer,
subvencionado por el Estado.

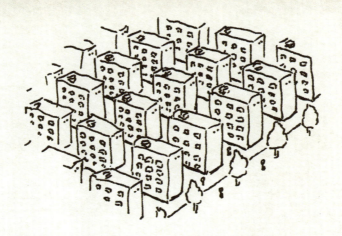

Describía los ideales del país y los sacrificios necesarios para alcanzarlos, y contenía información sobre las obligaciones de sus ciudadanos y el funcionamiento del sistema tributario y la seguridad pública.

En él estaba escrito que, cuando el Estado diera la orden, los ciudadanos tendrían que comerse la última página, que era púrpura, para unirse al Estado para siempre.

Érase un libro que mi hijo de un año hizo trizas.

Un antiguo profesor me lo había recomendado
como «una obra maestra que describe
la realidad del mundo», así que lo compré
y lo tenía en casa para leerlo algún día.

Está tan destrozado que los capítulos más importantes ya no se pueden leer.

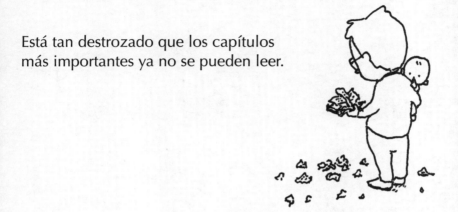

Siento que su estado actual describe la verdadera realidad del mundo, por lo que soy incapaz de tirarlo.

Érase un libro que era el más temido
de su planeta, porque decía:
«El que abra este libro hallará
una muerte segura dentro de tres *pores*».

Cuando la gente de ese planeta envió el libro a la Tierra,
causó mucho revuelo durante un tiempo.

Sin embargo,
una investigación
demostró que tres *pores*
equivalen a unos
ochocientos años
en el tiempo terrestre,
así que ahora ningún
terrícola le tiene
miedo al libro.

Hoy en día forma
parte de la colección
de la biblioteca de la
prefectura de Chiba y
cualquiera puede leerlo.

Érase un libro borroso.
Los contornos y las letras
estaban difuminados
y no se podía leer.

Fue un misterio durante mucho tiempo,
pero una casualidad reveló un hecho sorprendente.
Al parecer, los niños sí podían leerlo.
Cuanto más pequeños, más probable era
que fueran capaces de descifrar su contenido.

Aunque se siguió investigando e intentando
que los niños explicaran de qué trataba,
a medida que estos aprendían su idioma
y eran capaces de comunicarse con fluidez,
el libro se iba volviendo más borroso e ilegible.

Lo único que se descubrió
fue que solo se podía leer,
comprender y memorizar
a una edad muy temprana.

Érase un libro que daba la nota,
pues se encontraba entre
el libro del fa y el del la.

Érase un libro que crecía comiendo marcapáginas,
también llamados *shiori*.
Al principio la gente le tenía mucho miedo. Probaron
a introducirle finas lonchas de carne envueltas en plástico
transparente entre las páginas, pero solo se comía los marcapáginas.
Cuando se demostró que no era peligroso para las personas,
se revalorizó. La gente estaba dispuesta a pagar por ver
un libro comiéndose un *shiori*, y el dueño recuperaba
con creces el dinero que había invertido en comprarlo.
Estuvo en manos de varios dueños de distintos países.
Como había ido creciendo con el paso del tiempo, nadie
podía vivir mucho tiempo con él.
Un día, una bibliófila de buen corazón se compadeció
de aquel libro al que utilizaban como atracción de circo
y decidió quedárselo. Le interesaba más su contenido
que sus extrañas características. Era la única que pretendía
tratarlo como lo que era: un libro. La bibliófila de buen
corazón tuvo que vender su propia casa para comprarlo.
Sus familiares no comprendieron su afán de protección
y se distanciaron de ella. La gente de la ciudad la acusó,
entre otras cosas, de intentar llevar a cabo una estrategia
publicitaria, pero la bibliófila de buen corazón hizo

caso omiso a las críticas malintencionadas y se mudó
a un pequeño piso donde pudiera vivir con el libro.
Entonces, por fin, lo compró.

La bibliófila de buen corazón llevó el libro a su pequeño
piso y le dijo con ternura:

—Bienvenido a tu nuevo hogar.

Había decidido leerlo aquella misma noche, pero no pudo.

Unos días más tarde, una amiga de la bibliófila, preocupada
porque no conseguía ponerse en contacto con ella, fue
a su piso. Llamó a la puerta pero no obtuvo respuesta, así
que entró con una copia de la llave. En el centro del pequeño
piso estaba el libro: era igual que el que había visto en fotos,
pero mucho más grande. En el suelo vio un charco de sangre
en el que flotaban jirones de ropa.

La amiga empezó a aporrear el libro mientras gritaba el nombre
de la bibliófila de buen corazón: «¡Shioriiii!».

Érase un libro que escogía a las personas.

La persona más amable de la ciudad intentó leerlo,

pero ni siquiera pudo abrirlo.

En cambio, otra persona malvada y criticona

consiguió abrirlo sin esfuerzo.

Érase el libro más aburrido del mundo.

Su autor es un escritor que odia los libros

y lo escribió con la intención de que alguien,

aunque solo fuera una persona,

acabara odiándolos tanto como él.

Érase un libro que soltaba unas carcajadas tan fogosas

que durante la noche había que guardarlo en el frigorífico

para que se enfriara.

Érase un libro que parecía un gato:

cuando lo lanzabas desde un lugar alto,

se daba la vuelta y siempre caía de pie.

Érase un libro que, cuando flotaba en el río, soltaba la sílaba *bar*

de la página 16, en la frase: «El gorila chutó el balón y rompió

el cristal de la ventana del cabaret» y la sílaba *ca* de la página 86,

en la frase: «El gorila empujó la ruleta con tanta fuerza que

no se detuvo en catorce años», y juntas se convertían en una «barca»

que llevaba el libro hasta la orilla. O también la sílaba *bra* de

la página 23, en la frase: «Quería tomarle la mano a mi madre,

pero agarré el brazo de un gorila que tenía el cuerpo cubierto

de pelo negro», y la sílaba *za* de la página 42, en la frase:

«Recibí un mensaje lleno de amor de un gorila alborozado»,

que se convertían en «braza» y el libro nadaba hasta la orilla.

Era una braza un poco torpe, eso sí.

Érase un libro muy bondadoso. Siempre que en su aldea ocurría algún suceso trágico o doloroso, todos sus habitantes lo leían. Una noche, los aldeanos sufrieron el ataque de unos monstruos gigantes que llevaban tiempo amenazándolos. En una sola noche, derribaron las casas y arrasaron los campos. Y lo peor de todo es que se comieron el libro bueno, el tesoro más preciado de la aldea. Los aldeanos estaban abatidos. A la mañana siguiente, los monstruos volvieron a la aldea para pedir perdón. Levantaron las casas que habían derribado y reconstruyeron los campos, ayudaron a los aldeanos y jugaron con los niños. Se habían vuelto buenos al comerse el libro bondadoso.

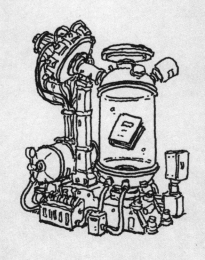

Cuarta noche

Érase un libro
que algún día
me salvará.
Me aportará
nuevos valores.
Me dará
la oportunidad
de hacer algo.

Algún día
me hará muy rico.
Me hará adelgazar
treinta kilos.
Me pondrá cachas.

Aún no lo he abierto,
pero lo compré
para leerlo algún día.

Mientras lo tenga,
sé que algún día
renaceré.

Érase un libro que escribí cuando tenía cinco años. Recorté hojas de cartulina y le pedí a mi madre que las grapara.

En cada página dibujé un animal de los que quería tener como mascota, como un pez o un dinosaurio.

Me divertí mucho
haciendo el libro,
y me puse muy contento
cuando mi madre
me felicitó por él.

Quizá por eso
ahora escribo libros,
para tratar de revivir
lo que sentí entonces.

Érase un libro que tenía pelos entre las páginas.
Lo compré el otro día en una librería de ocasión.

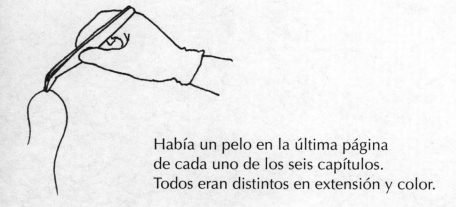

Había un pelo en la última página
de cada uno de los seis capítulos.
Todos eran distintos en extensión y color.

El libro trataba de esclarecer
unos asesinatos en serie reales
que nunca se habían resuelto.

Érase un libro que estaba lleno de tonterías.
El otro día pensé en tirarlo a la basura,
pero justo antes de hacerlo
me di cuenta de algo.

Desprendía un olor indescriptible.
Era un olor que no conseguía identificar.

Tengo tanta curiosidad
que olisqueo el libro
todas las noches
antes de acostarme.

Érase un libro que devolveré algún día.
Me lo prestó hace tiempo una amiga
que no es de mis mejores amigas.
No lo he leído, naturalmente.

Me da tanta pereza quedar con ella
solo para devolvérselo
que siempre termino dejándolo para otro día.
Y tampoco puedo tirarlo
porque se ve que es un libro único.

Ni siquiera sé si esa amiga
se acuerda de que me lo prestó,
pero también me da
pereza preguntárselo.

Creo que se quedará
en mi habitación para siempre.

Érase un libro
que tenía
una cuarta parte
arrancada a mordiscos.

Quinta noche

Érase un libro que relucía esplendoroso

cuando lo dejabas entre las flores de un jardín.

Sobre una superficie de hormigón tenía un aire solitario,

y en la selva era como una criatura salvaje.

Parecía poco interesante si lo sostenía alguien desagradable,

pero en manos de una persona simpática, se volvía atractivo.

Cuando estaba en una estantería no llamaba la atención.

Aunque el contenido fuera siempre el mismo.

Érase un libro que siempre decía que de joven era muy popular.

Se sentía tan orgulloso de sí mismo que no paraba de repetirlo,

era el libro más vanidoso de la estantería.

Los demás libros estaban un poco hartos de él,

pero lo dejaban presumir.

Érase un libro que estaba hecho unos zorros.

Era el más sucio de los libros que había en ese estante de la librería de ocasión. Los otros también eran de segunda mano, pero estaban tan limpios que parecían nuevos.

Este era el único que estaba así de estropeado. Los clientes evitaban tocarlo cuando escogían otros libros cercanos.

Os da lástima, ¿verdad?

La mayoría de los libros se leen una vez, dos o tres como mucho, y se guardan en una estantería o se tiran, pero el dueño de este libro lo leyó y releyó cien o doscientas veces.

Se lo compró su madre cuando era pequeño.

La primera vez que lo leyó, no le gustó. «Qué libro más aburrido», pensó. Pero en realidad no es que fuera aburrido, es que no lo había entendido. Por eso lo leyó de nuevo pasado un tiempo y entonces descubrió de qué trataba.
Así fue como el dueño aprendió que el interés que tiene un libro cambia en función del momento en que se lee.
El hallazgo lo hizo tan feliz que leyó el libro varias veces, y en cada lectura descubría nuevos detalles. Cuando tenía que ir a un lugar nuevo donde no conocía a nadie, solía llevarse el libro para leerlo y no sentirse tan solo.
Lo protegía y le hacía compañía.

Cuando tuvo novia, el dueño le presentó el libro, ilusionado.
Ella también lo leyó, y ambos lo comentaron con entusiasmo.
Cuando salía a tomar algo con los amigos, el dueño solía
hablar de todas las cosas que le había enseñado el libro
y de las numerosas ocasiones en que lo había ayudado y
animado. Entonces el libro era feliz. Ya de anciano, el dueño
siguió leyéndolo.
El anciano dueño le regaló a su nieto un libro nuevo
con el mismo título.
El libro que estaba hecho unos zorros se lo quedó para siempre.
Llegó el momento en que el libro y el anciano tuvieron
que despedirse.

A pesar de que ya ni siquiera podía abrirlo, el anciano
lo tenía junto a la cama y le acariciaba suavemente la cubierta
por última vez.
Después de separarse de su dueño, el libro pasó de mano
en mano hasta acabar en el estante de aquella librería
de ocasión.
Recuerda los tiempos lejanos en que las manos de su dueño,
aún pequeñas, pasaban sus páginas sosteniéndolo con cuidado,
y también recuerda las cálidas palmas de unas manos ya
más grandes.
Los demás libros relucen; este es el único que está hecho
unos zorros. Pero es muy feliz. Aparte de la que narra
en sus páginas, tiene su propia historia.

Érase un libro que era miembro de una banda de éxito.

¡Os presento a los miembros del grupo! A la guitarra, ¡Otsuka!

—¡Ding, ding, ding, ding, diiing!

Al bajo, ¡Nakamura!

—¡Dong, dong, dong, dong, dooong!

A la batería, ¡Hirai!

—Bum, bum, bum, rataplán, ¡chas!

Y para acabar, ¡el libro!

—Bla, bla, bla, bla, ¡bla, bla!

Con todos ellos vamos a interpretar un nuevo tema,

¡prestad atención!

—¡El libro lo tomamos prestado y no pensamos devolverlo!

Érase un libro que me tenía mucha confianza y siempre estaba

sobre mi hombro derecho. Al principio me desconcertaba,

pero ahora me parece conmovedor. El problema es que me

desequilibra porque siempre está sobre el hombro derecho.

¿Alguien podría colocarme sobre el hombro izquierdo algo

que pese lo mismo que el libro?

Un monopatín pesa demasiado y una pelota de ping-pong

es demasiado ligera. Ninguna de estas dos opciones sería

la adecuada.

¿Y una tortilla rellena de arroz? Sí, debe de pesar exactamente

lo mismo.

Érase un libro bastante complicado.

A veces es duro como el acero

y otras veces, blando como el tofu.

Hay que tratarlo con mucho cuidado:

si golpeas a un amigo en la cabeza con él puedes matarlo,

y abrirlo con demasiado ímpetu puede hacer que se desmorone.

Érase un libro con un agujero en el centro.

Al ponerlo en el tocadiscos y dejar caer la aguja

me recita su contenido,

así que a veces lo leo por la noche cuando estoy a solas.

Érase un libro que contenía
historias de aspiraciones y sueños
que nunca se cumplieron.

Historias de personas que,
por varios motivos,
no consiguieron lo que deseaban.

O que tuvieron
que renunciar a un futuro
y encontraron otro.

El libro lo escribió mi padre para ayudar
a los demás a entender que no son
los únicos que sufren y para que encuentren
formas de superar distintas adversidades.

En el libro,
mi padre recoge
distintas historias
y al final narra
su propio relato.

Creo que quería
terminarlo con una imagen
suya encontrando
la esperanza de nuevo.

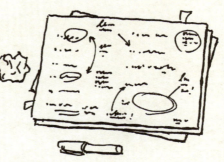

Quería animarse
a sí mismo
y a todos aquellos
que la hubieran
perdido.

Sin embargo, a pesar de las muchas historias
que mi padre recopiló
y el tiempo que invirtió en hacerlo,
no logró encontrar la esperanza.

Eso le provocó ansiedad, sufrimiento y desilusión.

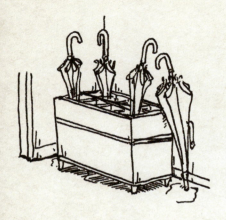

Ahora soy capaz
de entenderlo.

Hay personas que no logran
desprenderse de la tristeza
porque nunca están a la altura
de lo que ellos mismos
consideran correcto.

Pero, a veces,
ser incapaz de disfrutar
no es un error.

No estar haciendo lo que
a ti te parece correcto
no es motivo suficiente
para dejar de vivir.

Me habría gustado explicárselo a mi padre,
pero era tan serio y testarudo que
me temo que no lo habría entendido.

El libro que mi padre intentó escribir
y que yo terminé y publiqué no pudo salvarlo,
pero sus esfuerzos, las muchas historias que recopiló
y su propia vida salvaron a mucha gente.

Nadie puede
salvarse a sí mismo,
solo podemos
salvar a otros.

Por eso hay que esforzarse
por salvar a los demás,
para que ellos puedan
salvarte a ti.

Si hay un mensaje en este libro,
podría ser este.

Séptima noche

Érase un libro en el que nadie moría.

Poco después de empezar quinto de primaria, llegó una nueva alumna de otra escuela que se llamaba Haru Takeuchi. Era un poco tímida, pero se presentó con voz alta y clara y afirmó que de mayor quería ser autora de libros ilustrados.

En ese momento todos mis compañeros me miraron a mí, que estaba sentado al fondo de la clase.

Yo también quería ser autor de libros ilustrados. Haru Takeuchi se sorprendió cuando todos los demás se volvieron a la vez para mirarme, pero entonces alguien susurró: «¡Igual que Misaki!», y creo que lo entendió. Al mismo tiempo que me avergonzaba de la reacción infantil de mis compañeros, sentí una profunda aversión hacia aquella alumna nueva que anunciaba a bombo y platillo sus sueños de futuro sin que nadie se los hubiera preguntado. Una vez terminadas las presentaciones, se sentó en el pupitre del centro del aula que le había indicado la profesora. Cuando el bullicio se calmó y la clase empezó como de costumbre, ella se volvió para mirarme una sola vez.

Haru Takeuchi enseguida hizo amigas y se adaptó a la nueva escuela, pero para mí, por alguna razón que no me explico, seguía siendo una presencia extraña dentro del aula. Quizá por el rechazo que me había causado al decir que quería ser autora de libros ilustrados.

Tenía la piel clara y unas finas venas azules le recorrían los brazos. Parecía atraer más luz que el resto de los mortales, o tal vez era ella misma quien irradiaba luminosidad. Llevaba el pelo negro recogido en una coleta, cuidadosamente peinado para que no le quedara ni un mechón suelto. Sus ojos rasgados de mirada transparente se abrían de par en par cuando algo captaba su interés. Pero lo que más me impresionaba era su voz. Se oía nítidamente incluso cuando susurraba, y cuando hablaba en un tono normal vibraba con un timbre honesto que no intentaba disimular sus emociones. Aquella transparencia me hacía sentir culpable por los retorcidos sentimientos que albergaba hacia ella.

Siempre que pasaba por delante del tablón de anuncios del pasillo de la escuela echaba un vistazo a las obras que allí se exponían. El colegio tenía la costumbre de seleccionar las mejores obras de cada curso y exhibirlas en el pasillo. Todos mis dibujos desde primero estaban colgados en el tablón y yo no podía evitar mirarlos de reojo cada vez que pasaba por allí, pero cuando iba con algún amigo tenía que fingir que no me importaba. No quería que los demás me vieran contemplar mis obras con satisfacción.

—Buscad un rincón del patio que os guste y dibujadlo. Puede ser cualquier paisaje.— Mis compañeros de clase asintieron obedientemente alrededor de la profesora, y un grupo de chicos salió corriendo hacia los columpios.

—Señorita, ¿la vegetación es paisaje? —preguntó Tanaka, que siempre hacía preguntas obvias.

—Sí, la vegetación también es paisaje. Pero tened en cuenta que los pájaros y las nubes están en constante movimiento, por lo que no podréis mirarlos mucho rato —advirtió la profesora, cuyas respuestas eran tan obvias como las preguntas de Tanaka. Era la primera vez que Haru Takeuchi dibujaba en clase desde que había llegado al colegio. Yo me decidí por una escena del patio que incluyera a todos mis compañeros de clase, así que me senté solo en un lugar desde donde lo veía todo, un poco alejado de los demás, y me puse a trabajar. Haru dibujaba sentada junto a los columpios con tres amigas. Por alguna razón no conseguía ignorar su presencia.

—¡Toma ya! ¡Qué buena eres, Haru! —exclamó alguien, y levanté el lápiz de la hoja. Otras chicas habían hecho un corrillo en torno a la muchacha y elogiaban su dibujo.

—Aún no está terminado —murmuró ella, avergonzada.

Al menos eso me pareció oír.

—La incidencia de la luz de mayo en cada uno de los árboles está muy bien observada.

Nuestra tutora elogió el dibujo que Haru Takeuchi tardó
varios días en acabar. Me llamó la atención que hiciera
una crítica tan arrogante y pomposa a pesar de que no
era una profesora experta en arte. Sobre todo porque
mis dibujos siempre habían estado expuestos en el pasillo
sin que nadie los comentara, como si formaran parte
del mobiliario. Frente al dibujo de Haru, en cambio,
se había congregado una pequeña multitud.

—Parece una fotografía —comentó alguien.

Se suponía que era un elogio, pero oí mi propia voz en
mi cabeza que decía con rencor: «Si parece una fotografía
es que no es un dibujo». Sentí que algunos me
miraban con compasión, y me dolió salir al pasillo y oír
cómo los alumnos de otras clases me criticaban.

A la hora del recreo, me quedé en el aula mirando por la
ventana con la mejilla apoyada en el pupitre. ¿Qué habría
querido decir la tutora al hablar de «la luz de mayo»? Es evidente
que la luz cambia según la estación, pero ¿cómo se puede
identificar la luz de un mes en concreto a partir de un dibujo?,
me preguntaba mientras mi mano tamborileaba en el pupitre.

—¿Qué haces?

Levanté la cabeza y vi a Haru Takeuchi de pie frente a mí.

—Nada.

—Pues esos golpes sonaban bastante fuertes.

—¿En serio?

—Sí. Llevo preguntándome qué es ese ruido desde que has
empezado a tamborilear.

—¡Vaya! Como tenía la oreja apoyada sobre la mesa, creía que solo lo oía yo.

—Ah, claro. Pues resonaba bastante.

—Perdona.

La conversación parecía haber terminado, pero ella no hizo ademán de irse y empecé a ponerme nervioso.

—Tu dibujo del patio es increíble. Me gusta mucho —dijo mirándome a los ojos.

—No tiene nada de increíble —respondí intentando evitar que me temblara la voz.

Ella meneó la cabeza.

—Me parece muy original la idea de dibujar a los demás trabajando. A mí no se me ocurrió.

Me vi reflejado en sus ojos abiertos de par en par.

—Gracias.

¿A qué venían aquellos elogios?

—Normalmente escogen tus dibujos, ¿verdad? Ya me he dado cuenta de que todos piensan que dibujas muy bien.

La muchacha hablaba ahora más deprisa.

—¡Qué va! Tu dibujo sí que es bueno —respondí—. No conseguía saber desde dónde lo hiciste, así que el otro día después de clase estuve dando vueltas por el patio. Pero tampoco encontré ningún lugar que coincidiera con la perspectiva de tu dibujo.

Ella pareció sorprenderse un poco.

—¿Estuviste dando vueltas por el patio? ¿Tú solo?

—Sí, preguntándome desde dónde habías hecho tu dibujo.
Ella se ruborizó y yo me arrepentí de haberle confesado
mi interés. Supongo que sus elogios me habían hecho bajar
la guardia.
—Si te subes al columpio de pie, puedes ver lo que hay
al otro lado de los ginkgos. Me pareció bonito.
Parecía avergonzada y nerviosa a la vez.
—¡Ahora lo entiendo! Desde el suelo es imposible ver más allá
de los ginkgos. Esa perspectiva solo la tienes desde el columpio.
—Sí. Es como si subieras un poco más la línea visual. Pero tú
has sido el único en descubrir el truco, así que ya me doy por
satisfecha.
—Eso significa que te pusiste de pie sobre el columpio.
—Sí. ¡Se balanceaba un montón!
La muchacha se echó a reír, pero a mí me preocupaba lo que
iban a pensar nuestros compañeros si nos veían hablando a
solas. Cuando sonó el timbre, ella se despidió con un «hasta
pronto» y regresó a su pupitre.
¿Qué quería decir «hasta pronto»? ¿Pensaba volver a hablar
conmigo? Mientras reflexionaba, Haru agitó la mano sonriendo.

A la mañana siguiente, encontré un cuaderno blanco en el cajón
de mi pupitre. Levanté la cabeza y eché un vistazo en torno
al aula hasta que mi mirada tropezó con la de Haru Takeuchi,

que me observaba con una tímida sonrisa a pesar de que ni siquiera me había saludado al entrar.

Siempre me siento un poco nervioso y expectante antes de abrir un cuaderno nuevo, pero nunca me habían temblado tanto las manos como en aquella ocasión.

La primera página estaba en blanco, pero cuando volví la hoja encontré un dibujo de una raya nadando en el mar. Me pregunté por qué había dibujado una raya, pero su elección no parecía obedecer a ningún motivo concreto.

De la boca de la raya salía un globo de texto en blanco, como si se tratara de una tira cómica.

—¡Venga! —me animó una voz. Sorprendido, levanté la cabeza y vi a Haru cerca de mí—. Ahora tienes que inventarte el texto para la raya.

Regresó a su pupitre sin añadir nada más, y yo escribí la siguiente frase dentro del bocadillo: «Mi cuerpo es tan delgado que se podría usar como alfombrilla de escritorio».

Incluso a mí mismo me pareció absurdo.

Después de la segunda clase, a la hora del recreo, dejé disimuladamente el cuaderno en el cajón del pupitre de Haru Takeuchi. Cuando empezó la tercera clase, ella vio que se lo había devuelto y lo abrió. La risa le sacudía los hombros, y me alegré de haberla hecho reír. Escondió el cuaderno debajo de la libreta de los apuntes. Yo había dibujado una jirafa en la siguiente página con un bocadillo en blanco, igual que ella. Debía de estar pensando una frase para la jirafa.

Después de clase volvió a meter el cuaderno en mi cajón.
Lo abrí con el pulso acelerado y leí la frase de la jirafa, que
decía: «¿A que tengo la cara pequeña?».
Pensé que lo más característico de una jirafa no es precisamente
la cara pequeña, sino el cuello largo. En la página siguiente,
ella había dibujado un lobo con su correspondiente globo.
Me lo llevé para inventarme el texto en casa.
En el globo escribí: «¡No quiero aullaaaaar!».
Me pareció igual de absurdo que mi frase anterior.

Los siguientes días, Haru Takeuchi y yo seguimos
intercambiándonos el cuaderno como mínimo una vez
al día, aunque casi siempre eran dos. Quería que mis
dibujos fueran más divertidos que los suyos y mis frases,
más ingeniosas. Me gustaba hacerla reír.
Buscaba ideas para nuevos dibujos y frases a todas horas,
mientras me bañaba o cuando apagaba la luz para irme a
dormir. Me sentía en cierto modo como si estuviera con ella.
Había noches en las que me costaba conciliar el sueño.
Entonces abría el cuaderno y repasaba todos los dibujos
que habíamos intercambiado hasta entonces.
La raya que ella había dibujado decía: «Mi cuerpo
es tan delgado que se podría usar como alfombrilla
de escritorio».
Su lobo aullaba: «¡No quiero aullaaaaar!».

Aunque hacía apenas unos días que había escrito aquellos textos, ya sentía cierta nostalgia al releerlos.

El bateador de béisbol que ella había dibujado advertía: «¡Pienso romper los cristales de los que no me caen bien!».

En el bocadillo que salía de la boca de su gorila mecánico, yo había escrito unas tristes palabras: «No puedo golpearme el pecho porque me estropearía».

El gibón que ella había dibujado aseguraba: «Mi mano izquierda mide dos centímetros».

En el bocadillo del oso yo había escrito: «Acércate para comprobar si soy un oso salvaje o un muñeco. Lo notarás por el olor».

El panda rojo lloraba: «Queridos miembros del Consejo Escolar: el profesor me ha castigado a estar de pie en el pasillo». Las lágrimas se las había añadido yo.

El tiranosaurio que ella había dibujado solo rugía: «¡Graaaaa!». En la esquina de la hoja, Haru había añadido una pequeña nota que rezaba: «A ver si te lo curras un poco», como si hubiera esperado una frase más ingeniosa.

La hormiga que lideraba la procesión decía: «Noto una presión increíble estando en cabeza».

Su corredor de relevos bromeaba: «Estoy corriendo hacia atrás». También había un esqueleto que protestaba: «¡Me da vergüenza que me vean en los huesos!».

El lagarto que ella había dibujado reflexionaba: «Cuando me

acerqué a una persona que llevaba tatuado un lagarto igualito que yo, huyó por patas. ¿Por qué será?».

Otro de sus dibujos representaba una rana mugidora que amenazaba con estas palabras: «¡A que salto! ¿Quieres verme saltar?». A lo que Haru Takeuchi había añadido en pequeños caracteres, en una esquina de la hoja: «Si veo una rana mugidora saltando, ¡me muero de miedo!».

Yo rellenaba los bocadillos de sus personajes y ella hacía lo mismo con los míos. No eran deberes, desde luego, pero no habría sabido decir si solo era un pasatiempo o una especie de entrenamiento.*

Al repasar todo lo que habíamos hecho, me pareció que los dibujos de Haru estaban en movimiento. Su dinamismo permitía imaginar lo que ocurría un poco antes y un poco después de las escenas representadas sobre el papel, por lo que me resultaba fácil inventar los textos.

¿Qué pensaría ella de mis dibujos?

Me di cuenta de que no tenían la brillantez de los suyos. Era como si la parte más oscura de mi personalidad se inmiscuyera en mis trazos. Nunca me lo había planteado hasta entonces; empecé a pensarlo al comparar mis dibujos con los de Haru.

---

* En japonés, uniendo el primer carácter del nombre de cada uno de los personajes dibujados (raya, lobo, bateador, gorila, gibón, oso, panda rojo, tiranosaurio, hormiga, corredor, esqueleto, lagarto, rana) aparece un mensaje oculto: «Gracias por haber elogiado mi dibujo». *[N. de la T.]*.

A la hora del recreo, solía quedarme sentado en mi pupitre y ella se acercaba a menudo. A veces hablábamos y otras veces nos limitábamos a mirar por la ventana.

—El otro día estaba en casa repasando el cuaderno y me pareció que tus dibujos eran muy originales, Misaki.

Y tus textos, salvo el del tiranosaurio, son muy ingeniosos. Su voz cristalina y reposada transmitía tranquilidad, pero me ponía nervioso respirar el mismo aire que ella. Quizá porque su voz y su cara eran demasiado amables y no podía evitar preguntarme si a los demás también les dedicaba el mismo interés, amabilidad y tiempo que a mí. Incluso me planteé guardar las distancias con ella y evitar que nos acercáramos demasiado para que no me hiciera daño más adelante. Pero eso ya era imposible. Por las mañanas la buscaba en la calle de camino al colegio y todas las noches imaginaba su voz deseándome los buenos días.

—Te gusta Takeuchi, ¿verdad? —me preguntó una vez un compañero. En ese momento no entendí a qué se refería, aunque era inevitable que los demás lo vieran así. No era el primero que se burlaba de nuestra amistad.

Dos meses antes de conocerla quizá me habría ofendido y lo habría negado, pero ahora no solo me sentí incapaz de hacerlo, sino que pensé que mi compañero era muy inmaduro.

—Como viene de otro colegio, no sabe aquello.

Me habría encantado partirle la boca, en la que flotaba una maliciosa sonrisa. En efecto, había una cosa que no quería que ella supiera. Y precisamente por eso le tenía miedo, porque no sabía aquello. Pero había otro motivo.

Si bien Haru Takeuchi era amable, no era solo su amabilidad lo que percibía en su presencia. Sus dibujos y las frases que escribía me parecían estimulantes por el riesgo que entrañaban. ¿Sería yo capaz de dibujar como ella? ¿Me estaba dejando influir demasiado por su estilo?
Me divertía cuando estábamos juntos y me gustaba hablar de dibujo con ella. Cuando estaba en el colegio, la buscaba entre los demás, incluso en la calle: cada vez que una bicicleta pasaba junto a mí imaginaba que era ella. Cuando estaba en casa y oía una voz en el exterior, pensaba que era ella y me asomaba disimuladamente al porche por si la veía.
Sin duda me gustaba, pero sobre todo me atraía —y al mismo tiempo me asustaba— el hecho de que dibujara mejor que yo.

—¿Me estás escuchando?
—Sí. Yo también estuve repasando el cuaderno. Parece que tus dibujos vayan a cobrar vida de un momento a otro, mientras que los míos son demasiado planos.
—¡No es verdad! El gusano me pareció de lo más repugnante.
—Ah, ¡el gusano!
—Te estoy felicitando por hacer un dibujo asqueroso. ¿No te parece genial ser capaz de provocar repugnancia?
—¿Tú crees?
—Sí, claro.
—¿Cuál era la frase que te inventaste para el gusano?

—Pues… «¿Has visto el gusano despachurrado en la carretera? Es mi futuro yo».

—La frase también es bastante asquerosa.

—Tu dibujo me inspiró.

—Ya. ¿Te pasa a menudo?

—Sí. Incluso cuando me toca dibujar a mí tengo la sensación de que estoy imitando tu estilo. En el colegio de antes no dibujaba así. ¿Sabes a qué me refiero?

—Creo que sí.

Me inquietó que mencionara su anterior colegio. ¿Allí también habría intercambiado dibujos con alguien?

Haru abrió el cuaderno, cuyas cubiertas ya estaban un poco manchadas, y se echó a reír sola.

—¿Cómo decides lo que vas a dibujar?

—Sobre la marcha.

—Una jirafa, un gusano, un dentista, banderines con forma de carpa, una babosa, un siluro, un calamar, un delfín, un pepino, una golondrina, un cráneo, un policía, un cubo de Rubik…

Ella hojeaba el cuaderno con una divertida sonrisa.

—No son banderines con forma de carpa.

—¿En serio? Pues a mí me parecieron terroríficas y muy interesantes. Son carpas que se comen a las personas, ¿verdad?

Haru abrió mucho los ojos. Mis pupilas marrones se reflejaron en ellos.

—¡Las carpas no se comen a las personas! Era un celacanto.

—¡Ah, un celacanto! Vaya, entonces la frase que escribí en su globo no tenía ningún sentido, ¿no?

Ella apoyó la mano derecha en mi hombro izquierdo.
—No. ¿Qué decía? «No me alimento del aire», o algo así.
—Casi. «Ya he comido aire, ahora quiero una tortilla rellena de arroz» —dijo riendo.
—La verdad es que no tiene mucho sentido.
—Ya. Es que el día que escribí esa frase había *omuraisu* para cenar.
—Muy apropiado.
—¡Sigue siendo mucho mejor que tu frase del tiranosaurio!
—dijo ella echándose a reír, y yo también reí.

Cuando llegué a casa, abrí el cuaderno sin dejar de pensar en la conversación que habíamos mantenido en el aula.
En mi dibujo de la jirafa, Haru había puesto: «¿A que tengo la cara pequeña?».
El gusano que yo había dibujado decía: «¿Has visto el gusano despachurrado en la carretera? Es mi futuro yo».
En el bocadillo del dentista, ella había escrito: «Si le duele, levante los brazos y las piernas».
Para mi celacanto, había inventado esta frase: «Ya he comido aire, ahora quiero una tortilla rellena de arroz».
La verdad es que era un texto mucho más apropiado para un banderín con forma de carpa.
Mi babosa decía enfadada: «¡No me derrito ni aunque me cubras de mayonesa!».
El siluro aseguraba: «A barbudo no me gana nadie».
Y el calamar se avergonzaba: «Yo, cuando estoy vivo, no soy tan blanco».

El delfín que yo había dibujado presumía: «¿Habéis visto cuántos dientes tengo?».
Y el pepino, que parecía muy apetitoso: «¡Mi sueño es que me coma un *kappa*!».*
La golondrina proclamaba: «Mi corazón vuela alto incluso cuando llueve».
El cráneo decía con voz sepulcral: «¡Qué frío!».
El policía que yo había dibujado decía entristecido: «Solo se fijan en el coche patrulla…».
El cubo de Rubik enseñaba a hacer trampas: «Con un poco de pintura me podrás resolver».**
Las cubiertas blancas del cuaderno tenían manchas de algún líquido derramado. Casi todas las páginas estaban llenas con nuestros dibujos y los surrealistas textos que los acompañaban.

—¿Qué vamos a hacer cuando todas las páginas estén llenas? —me preguntó Haru Takeuchi en el aula después de clase. Iba a proponerle continuar en un cuaderno nuevo, pero

---

* Criatura monstruosa del folclore japonés que habita en ríos y lagos y siente debilidad por los pepinos. [*N. de la T.*]
** Otro mensaje oculto se forma en japonés al unir el primer carácter de jirafa, gusano, dentista, banderín, babosa, siluro, calamar, delfín, pepino, golondrina, cráneo, policía y cubo de Rubik: «No morirás, seguirás viviendo». [*N. de la T.*]

no me atreví. Se oían las voces de los demás jugando
en el patio. En el aula solo quedábamos ella y yo.
Haru cogió mi sombrero del gancho del pupitre y se lo puso
para bromear. El sol poniente irrumpía a través de la ventana
y bañaba el aula de una luz anaranjada. Pensé que los
distintos tipos de luz no solo dependen de la estación
del año, sino sobre todo del momento del día.
—Podríamos escribir un diario a medias.
Quizá sonreí sin querer en el momento en que su voz
llegó a mis oídos. Tratando de controlar mis emociones,
pregunté:
—¿Por qué un diario?
—Si ambos queremos ser autores de libros ilustrados,
tenemos que aprender a escribir y no solo a dibujar,
¿no crees? —respondió ella como si fuera lo más lógico,
con mi sombrero puesto.
—Tienes razón. Nunca he escrito un diario.
—Yo sí, pero nunca lo he compartido con nadie.
Sus palabras me hicieron feliz.
—¿Quién empieza?
—Compraré uno en Meibundo. Si te lo dejo comprar a ti,
me da que me traerás un diario soso y anticuado.
—Yo también puedo ir.
—No te preocupes, me acercaré al salir de la academia
de repaso. Así aprovecho para mirar otras cosas.
—Como quieras. Entonces, te encargas tú.
—Sí. Compraré un diario monísimo.

Miércoles, 19 de junio. Haru Takeuchi
¡Hola! Me alegro de que te haya gustado el nuevo cuaderno.
Me llevó tanto tiempo escogerlo que la dependienta
de Meibundo sospechó que quería robar y no me
quitaba ojo. Me puse muy nerviosa, como si fuera
a robar de verdad.
Me hizo mucha ilusión que quisieras escribir un diario
conmigo. Deberíamos poner por norma que cada uno
puede escribir lo que quiera, aunque sea poco, porque
si nos supone un esfuerzo demasiado grande nos cansaremos
enseguida. ¿Te parece bien?

Jueves, 20 de junio. Shinichi Misaki
Hoy me estreno escribiendo en nuestro diario compartido.
Es un momento importante, pues será mi primera vez
para siempre. Me gustaría empezar dándote las gracias
por haber comprado el cuaderno. Aunque sería más
correcto decir que quiero «escribirte» las gracias.
La verdad es que no esperaba que compraras un cuaderno
también blanco, como el que utilizábamos hasta ahora.
Siempre consigues sorprenderme.
Me parece bien que escribamos lo que nos apetezca,
aunque sea corto. ¿Existe una forma oficial de escribir
un diario?

Viernes, 21 de junio. Haru Takeuchi
¡Estás demasiado tenso! Me siento como si estuviera
compartiendo un diario con un viejo. Deberías
soltarte más. Siento afinidad con este tipo de cuadernos,
por eso lo escogí.

Sábado, 22 de junio. Shinichi Misaki
Perdona, intentaré soltarme un poco más: Nai-no-nai-no
ná, nai-no-nai-no ná y un fuerte «¡graaaaa!» de tiranosaurio.
¿Te referías a esto?

Lunes, 24 de junio. Haru Takeuchi
No me refería a eso. Además, no se entiende. Pero
me gustan las cosas que no tienen sentido. Y el rugido
de tiranosaurio se te da fatal, así que déjalo.

Martes, 25 de junio. Shinichi Misaki
Era broma, lo siento. Es que me siento incómodo si no
bromeo. Me he replanteado el diálogo del tiranosaurio:
«Señorita, tengo una pregunta: ¿Un tiranosaurio es un
dinosaurio?». ¿Qué tal ahora?

Miércoles, 26 de junio. Haru Takeuchi
Empiezas a parecerte peligrosamente a Tanaka, que
siempre hace preguntas demasiado obvias. ¡Me preocupa
tu actitud!

Jueves, 27 de junio. Shinichi Misaki
Es normal que te preocupes. Y la respuesta de la profesora
a su pregunta también fue sorprendentemente obvia:
«Tened en cuenta que los pájaros y las nubes están
en constante movimiento».
Parecía que hablara con niños de cinco años.

Viernes, 28 de junio. Haru Takeuchi
¡Qué risa! Yo también me quedé de piedra con lo que dijo
la profesora. Aun así, me gustó tu dibujo de tus compañeros
de clase trabajando.
Por cierto, cambiando de tema: ¿por qué siempre
me llamas por mi nombre completo, Haru Takeuchi?
Es un poco raro, ¿no?

Sábado, 29 de junio. Shinichi Misaki
A los personajes históricos también se les llama por
su nombre completo, y Haru Takeuchi me parece un
nombre bonito. Pero es cierto que solo lo hago contigo.
¿Cómo quieres que te llame a partir de ahora?

Supongo que tu autopresentación del primer día me
dejó huella.
No es habitual que lleguen nuevos alumnos en mayo.
¿Te habrían presentado también como alumna nueva
si hubieras llegado en abril, a principios del primer
trimestre? Perdona que haga tantas preguntas.

Lunes, 1 de julio. Haru Takeuchi
Llámame como quieras. Takeuchi, Haru o Haru Takeuchi.
Pero si me llamas Haru en el colegio, es posible que
no me dé por aludida y pase de ti. Me alegro de
que te guste mi nombre. Lo escogió mi padre.
Haru significa «primavera», pero debería llamarme
Aki, puesto que nací en otoño.
Tienes razón, puede que no sea lo habitual cambiar
de colegio en mayo. Fue un traslado repentino.

Miércoles, 3 de julio. Shinichi Misaki
No quiero que pases de mí, así que te llamaré Takeuchi.
Aki Takeuchi también te pega, pero prefiero Haru.
Te sienta mejor. ¿Por qué cambiaste de colegio?

Viernes, 5 de julio. Haru Takeuchi
Si tuviera que explicarte el motivo del traslado por escrito,
no acabaría ni mañana. Me gustaría contártelo, pero
te pido que esperes un poco más.

Sábado, 6 de julio. Shinichi Misaki
Hoy ha sido un día para olvidar. Yo estoy bien, ¿y tú?
¿Crees que todos habrán leído este diario? No sé quién
lo ha metido en el cajón de la mesa de la profesora,
pero ha sido muy cruel. Si todo el mundo lo sabía,
podrían habérselo dado en persona. Siento que después
nos haya hecho esas preguntas tan raras. Será mejor
que lo olvidemos todo.

Domingo, 7 de julio. Haru Takeuchi
Cuando la profesora preguntó: «¿De quién es este
cuaderno?», y tú te levantaste y dijiste: «¡Es mío!»,
me sentí muy orgullosa. Fuiste muy valiente. Coger
un cuaderno sin permiso del pupitre de un compañero
y meterlo en el cajón de la profesora es lo peor. Son
unos chorizos. Por culpa de gente como ellos la
dependienta de Meibundo tiene que vigilar constantemente
por si le roban. Hoy es domingo, pero intentaré acercarme
al parque que hay al lado de tu casa para darte el diario.
Si no puedo, ya te lo daré mañana.

Lunes, 8 de julio. Shinichi Misaki
Me hizo ilusión que vinieras a buscarme. Llevaba mucho
tiempo sin quedar con nadie fuera del colegio, y lo pasé
muy bien. Creo que hablé demasiado. Espero que no estés
enfadada por haber vuelto a casa tan tarde.

Martes, 9 de julio. Haru Takeuchi
No estoy enfadada. Ese día no me apetecía volver a casa.
En realidad, creo que nunca me apetece. Pero no quiero
seguir escribiendo sobre el tema. Contigo quiero hablar
de cosas divertidas.

Miércoles, 10 de julio. Shinichi Misaki
Yo también tengo días en los que no quiero volver a casa.
Y momentos en los que quiero estar a solas. Me gusta estar
solo. O eso creía, pero ahora me he dado cuenta de que
me divierto más contigo que a solas.
¿Por qué será? No tienes por qué hablar de nada de lo que no te
apetezca hablar, pero si hay algo que quieras contarme puedes
hacerlo, aunque no sea divertido. Aunque te cueste sacarlo.

Jueves, 11 de julio. Haru Takeuchi
Gracias. Ayer la luna estaba preciosa. Me llevé el cuaderno
al porche y lloré un poco, quizá porque leí tus palabras
después de ver la luna. El próximo día escribiré más.

Sábado, 13 de julio. Shinichi Misaki

Hoy Tanaka ha hecho una pregunta extraordinaria: «Señorita, si en los baños que tenemos al lado del aula hay mucha cola, ¿podemos utilizar los de otra planta?».
Tenía que anotarla cuanto antes.
«Claro. Debéis ir a los baños más cercanos siempre que sea posible, pero si hay mucha cola podéis utilizar los de otras plantas». La respuesta de la profesora también ha sido extraordinaria. Podría haber respondido con un simple «sí».

Domingo, 14 de julio. Haru Takeuchi

Cuando Tanaka hizo aquella pregunta, me volví para mirarte. Te vi escribiendo en el cuaderno y pensé que quizá no la habrías oído, pero ahora sé que la estabas anotando.
Soy más descarada desde que tú y yo somos amigos. Si digo algo que no debería, haz el favor de avisarme enseguida. Por cierto, me ha gustado mucho hablar contigo en el parque.

Lunes, 15 de julio. Shinichi Misaki

Eres tú quien me lleva por el mal camino; ahora incluso vamos los dos en una sola bici fuera del distrito escolar. ¿Qué canción era la que tarareabas? Aunque fingí que la conocía, solo me sonaba vagamente.

Martes, 16 de julio. Haru Takeuchi
La canción era *Yesterday Once More* de The Carpenters.
Mi padre solía ponerla en el tocadiscos.

Jueves, 18 de julio. Shinichi Misaki
Se lo pedí a mi madre y me compró el CD. Lo escucho todo
el tiempo. Esa canción me hace pensar en ti, Haru Takeuchi.
Aunque ahora te llame Takeuchi a secas, en mi cabeza sigo
llamándote Haru Takeuchi.

Viernes, 19 de julio. Haru Takeuchi
Me has hecho reír con eso de que sigues llamándome Haru
Takeuchi. Así nunca olvidarás mi nombre, ni siquiera cuando
seas viejo. Me alegro de que te guste The Carpenters. A mí
también me gustaría saber cuál es tu canción favorita.

Sábado, 20 de julio. Shinichi Misaki
¿Conoces a los Beatles? El domingo pasado pusieron una
canción suya llamada *Yesterday* en la radio y me gustó. Se ve
que *yesterday* significa «ayer». Espero poder verte mañana.

Domingo, 21 de julio. Haru Takeuchi
Ambos *yesterday* están conectados. No sabía que significara
«ayer», yo creía que significaba «amable». Se acercan
las vacaciones de verano, ¿qué vamos a hacer?

Lunes, 22 de julio. Shinichi Misaki

A pesar de que hoy ha amanecido soleado, ha acabado siendo un día espantoso. No me ha gustado que descubrieras mi secreto, pero por otro lado me siento aliviado. No puedo evitar que me odies, sería lo normal. Por eso lo entenderé si decides no continuar escribiendo en nuestro diario compartido. Creo que jamás le perdonaré que me apodara el Pota Misaki. Ese nombre no tiene ninguna gracia, y es eso lo que no le puedo perdonar. Te contaré la verdad: cuando iba a cuarto de primaria, empecé a marearme en clase de natación y vomité al regresar al aula. Solo podía mirar al suelo, pero oí cómo se apartaban todos los pupitres y las sillas de mi alrededor, y también los gritos de mis compañeros: «¡Qué asco!», «¡Puaj!», «¡Qué asquerosidad!». Me eché a llorar. A partir del día siguiente, él empezó a llamarme el Pota Misaki y dejé de ir al colegio. Me pasaba el día encerrado en casa, dibujando. Mi madre me compró un montón de libros ilustrados. Mientras los leía, olvidaba todos mis problemas. Fue entonces cuando descubrí que quería ser autor de libros ilustrados. En cuanto lo tuve decidido, me sentí con ánimo de volver a clase. Empecé a ignorar a los demás, por eso apenas hablo con nadie. Te lo he contado porque creo que me gustas. Por eso me dan pánico las vacaciones de verano.

Martes, 23 de julio. Haru Takeuchi
Gracias por haberme contado lo que habrías preferido
guardarte para ti.
¿Qué hay de raro en vomitar cuando te encuentras mal?
Yo también vomité dos veces en primero porque estaba
mala; la única diferencia es que a ti te pasó en el colegio
y a mí, en casa. Si lo contara, quizá me llamarían la Pota
Takeuchi. La verdad es que ese apodo no tiene ninguna
gracia. A mí sí me dan ganas de vomitar cada vez que
ese tío abre la boca para hablar. Pero ¿sabes qué? A pesar
de lo duro que fue para ti, el tiempo que pasaste lejos de
la escuela te ayudó a encontrar tu sueño. Si ambos nos
convertimos en autores de libros ilustrados, acabaremos
siendo rivales. ¿Qué hacemos durante las vacaciones
de verano?

Miércoles, 24 de julio. Shinichi Misaki
Han llegado las vacaciones y solo hay una cosa que quiero
hacer: en la tele han anunciado una lluvia de meteoritos.
Dicen que, si te la pierdes, no podrás ver otra igual
hasta dentro de treinta y un años. Estoy deseando verla,
pero mis padres me han dicho que empieza demasiado
tarde por la noche. ¿Puedo dejarte el diario en el buzón
de tu casa?

Jueves, 25 de julio. Haru Takeuchi
Quiero ver la lluvia de meteoritos contigo, ¡salgamos de casa a medianoche! No podemos esperar treinta y un años. Puedes dejarme el diario en el buzón, pero ¿qué te parece si quedamos en el parque y me lo das en mano? Y yo, ¿puedo dejártelo en el buzón?

Viernes, 26 de julio. Shinichi Misaki
Sí, puedes dejarlo en mi buzón. Todos los días a las cinco de la tarde estaré en el parque. Si no estás, volveré a casa o me quedaré un rato sentado en un banco. ¡Ojalá podamos vernos al menos cada dos días!

Lunes, 29 de julio. Haru Takeuchi
Los días que tengo clases de repaso en la academia puedo acercarme al parque. No debe de faltar mucho para la lluvia de meteoritos, ¿verdad? ¿Cuándo es?

Martes, 30 de julio. Shinichi Misaki
La lluvia es el 9 de agosto. El pico será a medianoche. ¿Quedamos en el parque? El mejor lugar para verla es en la orilla del río.

Jueves, 1 de agosto. Haru Takeuchi
Estoy impaciente e ilusionada. Si me pillan, me van a matar.
Los adultos nos prohíben salir de noche porque dicen que
las calles son peligrosas, pero ¿qué pasa cuando es más
peligroso estar en casa? A veces, las personas más peligrosas
están en tu propia casa.

Sábado, 3 de agosto. Shinichi Misaki
Es verdad. Hay gente que tiene un tigre como mascota, o una
cascada atravesando su casa. ¿Qué peligros hay en la tuya?

Lunes, 5 de agosto. Haru Takeuchi
En mi casa no hay ningún tigre, pero es peligrosa. En ella vive
un demonio.

Martes, 6 de agosto. Shinichi Misaki
¿Un demonio? ¡Qué miedo! Entonces corres menos peligro
en la calle. Estos últimos días me he dedicado a investigar
a qué hora se duermen mis padres. La mayoría de las noches
están completamente dormidos sobre las once (yo ya estaba
muerto de sueño, pero he aguantado despierto para averiguarlo).
He fingido que iba al baño y los he llamado, pero no
me han respondido, así que podríamos quedar a las once
y media en el parque. ¿Quieres que pase a recogerte en bici?

Miércoles, 7 de agosto. Haru Takeuchi

Gracias, pero solo estoy a un minuto a pie, así que puedo ir andando. ¡Pasado mañana es el gran día! ¿Has pensado qué deseos vas a pedir a las estrellas fugaces? ¡Yo tengo un montón! Los anotaré para que no se me olvide ninguno.

Viernes, 9 de agosto. Shinichi Misaki

No imaginaba que veríamos tantas estrellas fugaces. ¡Cuánto me alegro de que no nos hayan pillado! Cuando el perro ha ladrado me he pegado un buen susto, eso sí. Había tanta gente viendo el espectáculo que hemos pasado desapercibidos. Por cierto, ¿no crees que hemos visto incluso demasiadas estrellas? Confieso que por un momento he sentido un poco de miedo.

Me ha hecho gracia que las estrellas pasaran tan rápido que no te diera tiempo a formular tus deseos. Yo he pedido dos deseos al principio. El primero era: «Quiero ser autor de libros ilustrados», y el segundo: «Y Takeuchi también», y no he podido pedir nada más porque el miedo me ha bloqueado. No dejaba de pensar que, con tantas estrellas, seguro que alguna iba a caer en la Tierra. ¿Crees que habrá llegado alguna?

Sábado, 10 de agosto. Haru Takeuchi
La lluvia de meteoritos fue increíble, ¡muchas gracias!
¿Qué es eso de «y Takeuchi también»? ¿No crees que es
un deseo demasiado corto? Bueno, también hubo estrellas
fugaces cortas. Me alegro de haber podido disfrutar contigo
de un espectáculo tan bonito.
Te aseguro que no lo olvidaré mientras viva. He hecho
un dibujo en la siguiente página.
Por cierto, estos son los deseos que pedí:
«Deseo ser autora de libros ilustrados».
«Deseo que Misaki no me olvide».
«Deseo que mamá sea feliz».
«Deseo aprender a hacer el doble salto mortal».
«Deseo que a Misaki se le ocurra una frase digna del
tiranosaurio».
«Deseo que Tanaka no haga preguntas tan obvias
(y que tanto me hacen reír por culpa de Misaki)».
«Deseo que la profesora no dé respuestas tan obvias
(que también me hacen reír)».
«Deseo que el demonio se vaya de mi casa».

Lunes, 12 de agosto. Shinichi Misaki
Tu dibujo de la lluvia de meteoritos es buenísimo. El que
sale mirando al cielo soy yo, ¿verdad? Yo tampoco olvidaré
nunca el espectáculo. Además, como no nos pillaron no hay
pruebas del delito.

¿Qué crees que le habría preguntado Tanaka a la profesora si hubiera estado allí? «Señorita, ¿es verdad que se llaman "estrellas fugaces" porque pasan muy deprisa?». O quizá: «Intento mantener los ojos bien abiertos, pero ¿ocurre algo si parpadeo?».

«Deseo que el demonio se vaya de mi casa» fue tu último deseo, por lo que entiendo que es cierto que vives con un demonio. ¿Existe solo en tu mundo de fantasía o es real?

Posdata: Mañana iré a casa de mi abuela y me quedaré una semana entera, así que no me esperes en el parque. Te traeré un regalito a la vuelta.

Viernes, 16 de agosto. Haru Takeuchi
Nunca me había costado tanto escribir en este diario. Llevo días pensando qué voy a decirte. Es verdad que vivo con un demonio. En realidad, me mudé a esta ciudad para escapar de él. El demonio pega a mi madre y le grita. Cuando ella le suplica que pare, no le hace ni caso. Siempre apesta a alcohol y tiene la cara roja como un *akaoni*. Un día, en mi otro colegio hice un dibujo que recibió muchos elogios. Lo dejé encima de la mesa para enseñárselo a mi madre y me fui a la cama. En mitad de la noche me desperté porque mi madre y el demonio estaban discutiendo. Ella está acostumbrada a recibir palizas, pero aquella noche lloraba y le gritaba tan fuerte que me asusté más

de lo normal, así que me envolví en el futón y me tapé
los oídos. Cuando me levanté a la mañana siguiente,
encontré a mi madre derrotada. «Lo siento, Haru»,
me dijo. En el dibujo que yo había dejado encima de
la mesa había un redondel. El demonio lo había utilizado
de posavasos. Me dio rabia porque me había esforzado
muchísimo en hacerlo, pero mi madre lo había secado
con un pañuelo de papel y, aunque la mancha se seguía
viendo, se disimulaba bastante. Lo que más me dolió fue
que mi pobre madre le hubiera plantado cara al demonio
para proteger mi dibujo. Me sentí fatal al saber que la había
golpeado por mi culpa.
Una noche, mi madre y yo nos fuimos de casa para huir
del demonio. Tuve que despedirme de mis mejores amigas.
Vinimos a esta ciudad con la ayuda de unos parientes
de mi madre, pero el demonio nos encontró enseguida
y se instaló de nuevo en nuestra casa. A veces pienso
que ojalá mi padre estuviera vivo, y no puedo evitar llorar.
Pero no quiero que mi madre me vea llorando, por lo
que me escondo debajo del futón. Soy bastante fuerte.
No dejo de imaginar una vida en la que el demonio
no exista.
Me ayudó compartir mis ideas contigo en el cuaderno:
tú escribías el texto de mis dibujos y yo, el de los tuyos.
Inventamos historias entre los dos. Lo mismo ocurre
con el diario: me permite imaginar un mundo donde
el demonio no existe. Si soy capaz de hacerlo contigo,
en nuestro cuaderno, también puedo hacerlo en la

vida real. Quiero poner a mi madre a salvo cuanto antes.

Ella también quiere escapar del demonio, pero se ve que no tiene dinero para una nueva mudanza. Oí cómo se lo contaba por teléfono a alguien de la familia, una tía suya. Fugarse cuesta mucho dinero. Y si nos mudáramos, tendría que volver a cambiar de colegio. Nunca había tenido un amigo como tú, por eso me da tanto miedo que nos separemos. Este es el motivo por el que me cambié de colegio. Siento que sea una historia tan triste.

Lo mejor será que arranques esta hoja, no quiero que te cause problemas. ¡Tengo tantas ganas de verte y hablar contigo! Me paso los días dibujando mientras espero tu regreso. Tendrás que inventarte más frases para mis nuevos dibujos. Solo deseo crecer y ser autora de libros ilustrados, igual que tú, para poder ayudar a mi madre.

Miércoles, 21 de agosto. Shinichi Misaki
No sé qué escribir. Gracias por contármelo, no debe de ser fácil hablar de ello. Perdóname por haber bromeado con esa estupidez del tigre y la cascada cuando me dijiste que, a veces, las personas más peligrosas están en tu propia casa. No sabía que estuvieras viviendo una situación tan dura. Me siento muy avergonzado.

Te protegeré. El demonio no me da miedo. Mi padre
tiene un bate de béisbol metálico que serviría para
acabar con él. Lo derrotaré. Empecé a hacer flexiones
en cuanto leí tu última entrada. Espera y verás. Tu madre
es una santa, y tú no tienes la culpa de nada. Si a mí
me hubieran estropeado uno de mis mejores dibujos,
habría roto a llorar de frustración. Ese tipo no tiene
perdón. Aguanta un poco más: iré a rescatarte.

Posdata: Después de los dibujos del santuario, la puesta
de sol y el mar viene un último dibujo en el que salimos
tú y yo, ¿verdad?
He reconocido el santuario al que fuimos juntos.
La puesta de sol es la del parque donde quedamos.
El mar lo dibujaste porque siempre dices que quieres ir.
Iremos. Todos los dibujos son muy buenos. Tengo que
admitir que ahora mismo no dibujo tan bien como tú.
Para mí, tus dibujos son insuperables.

Domingo, 25 de agosto. Haru Takeuchi
Gracias, Misaki. He leído tus palabras una y otra vez.
Si las cosas se ponen feas de verdad, te avisaré para
que puedas derrotar al demonio. Gracias.
Pues sí, el día que salimos del distrito escolar para ir
en bici al santuario fue muy divertido. Y la puesta de
sol que dibujé es la del parque. Algún día quiero ir

al mar. Los del último dibujo somos tú y yo. Somos humanos. Los humanos somos fuertes, ¿verdad? En todos los cuentos los demonios acaban perdiendo. Quizá no en todos, pero sí en la mayoría, ¿no crees?

Lunes, 26 de agosto. Shinichi Misaki
Los humanos somos fuertes. Es como si los demonios aparecieran en los cuentos solo para que un humano pueda acabar con ellos. Si existe algún cuento donde es el demonio el que gana, es solo porque la historia aún no ha terminado. Por eso lo derrotaremos juntos. Hoy he hecho cincuenta flexiones. Te protegeré, Takeuchi.

Sábado, 31 de agosto. Shinichi Misaki
Después de tres días consecutivos yendo al parque, me he bronceado. Me gusta cómo me sienta. Estoy preocupado por ti. Tengo ganas de verte.

Domingo, 1 de septiembre. Shinichi Misaki
Como no añadiste ningún bocadillo al dibujo del santuario, olvidé escribir el texto. La frase que he pensado para ese dibujo es esta: «Concederé cualquier deseo que me pida Haru Takeuchi. Y lo haré más rápido que las estrellas fugaces». La puesta de sol va con esta frase: «Me he puesto en rojo para que no olvidéis que os habéis conocido».

El mar lleva este texto: «¿Te diviertes? Yo me divierto mucho más».

Y los dos personajes del último dibujo dicen: «Seremos amigos para siempre». ¿Te parece poco original?

Sábado, 7 de septiembre. Shinichi Misaki

Hoy me he puesto jersey. Es negro y tiene el cuello de pico. Es el del uniforme del colegio, así que vamos todos con el mismo jersey. A ti también te quedaría bien. Seguro que sí. Esto… ¿qué iba a decirte?

Hoy hemos tenido asamblea escolar. Nos han convocado a todos en el pabellón de deporte. El director nos ha contado una historia rara y oscura. Era nuestra historia, pero no nos ha pedido permiso para contarla. ¡Qué morro! Las chicas de nuestra clase lloraban. Incluso Tanaka ha llorado antes de hacer una de sus preguntas. Por cierto, no ha preguntado: «Señorita, ¿esto son lágrimas?». La profesora también lloraba. Yo no he llorado. No, no estoy llorando. Porque la historia que ha contado el director no era la buena. Porque no ha leído nuestro cuaderno. Porque no es una historia interesante si no la escribimos entre tú y yo. Esto lo he descubierto hoy. No podemos dejarlo en manos de los demás, ¿verdad? Tú dibuja lo que veas y yo escribiré las frases, y yo dibujaré lo que veo para que tú escribas las frases. Terminaremos la historia juntos. Si alguien más la cuenta, será mentira. ¿No es así? Por supuesto.

X, X de septiembre. Shinichi Misaki
En el aula, después de clase, te pones mi sombrero
para jugar. «¡Devuélvemelo!», grito mientras alargo el
brazo para alcanzarlo, pero sin intención de quitártelo.
En realidad, me gustaría que te lo dejaras puesto para
siempre. El sol poniente, más tenue que en verano,
hace relucir tus calcetines blancos. Tus carcajadas
resuenan en mis tímpanos. La mejor ilustradora del
colegio es mi amiga y compañera Haru Takeuchi.
Te digo lo mismo que escribiste un día en nuestro diario
compartido: «No me olvides». ¿Cómo podría olvidarte?
Eso es un disparate, del todo imposible. Quiero que
vayamos juntos al mar. Quiero ser autor de libros ilustrados.
Tú también quieres ser autora de libros ilustrados.
Escribiremos juntos la continuación de esta historia
que aún no ha terminado.

Nuestro diario compartido terminó aquel día de hace
treinta años, pero eso no significa que nuestra singular
relación no existiera. Yo no he conseguido ganarme la vida
como autor de libros ilustrados, pero vivo escribiendo historias.
Todas tienen el aliento y la huella de una chica. Fue mi mejor
amiga y rival.
La lluvia de meteoritos que vi con ella se puede ver en Japón
cada treinta años.
Aquel día de verano cumplimos una promesa muy difícil
y nos escapamos en mitad de la noche para ir a ver la lluvia
de meteoritos. He decidido narrar nuestra historia en un libro

para cumplir otra sencilla promesa que le hice aquel verano, cuando me pidió que no la olvidara. Pero esta historia aún está incompleta. No terminará mientras sigamos vivos, ni siquiera cuando ya no estemos en la Tierra.
Quiero pensar que ella vive en alguna ciudad bonita con vistas al mar, y que se dedica a ilustrar libros sin perder la sonrisa.
Para cuando este libro llegue a las librerías de la ciudad, yo ya habré emprendido mi viaje. En algún lugar del mundo, en la estantería de alguna librería, tiene que haber un libro ilustrado que ella dibujó o se suponía que debía dibujar. Quiero leerlo.

Apéndice: «En el último dibujo del mar solo he dibujado al chico. Espero que un buen amigo mío dibuje a la chica tarde o temprano. Haruumi Misaki».*

---

* «Haru», el segundo carácter de «Haruumi», significa «mar». *[N. de la T.].*

Érase un libro que llevaba mi cara en la portada.

Cuando lo vi en una librería me quedé de piedra.

Empecé a hojearlo con manos
temblorosas y encontré mi dirección,
además de mi número de teléfono,
mis cuentas en redes sociales
y mis contraseñas.

También figuraban el nombre de mi primera novia y los secretos que jamás había contado a nadie: estaba todo.

Me quedé paralizado del miedo.

Pero lo más aterrador ocurrió al cabo de tres meses.

Tres meses después de la publicación del libro, mi vida no había cambiado en absoluto.

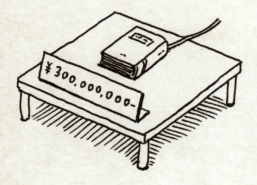

Érase un libro que costaba trescientos millones de yenes por ejemplar.
Y no parecía tener nada especial.

El libro narraba mi vida hasta ese momento. Contenía las instrucciones para tratarme.

Además, yo mismo estaba atado al extremo del marcapáginas. Estoy incluido en el precio.

Por cierto, ahora hay una promoción en la que se ha rebajado el precio a tres millones de yenes.

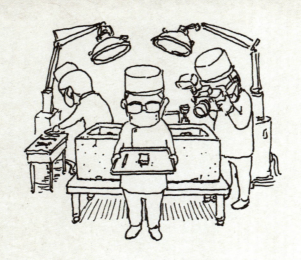

Érase un libro que apareció
en un yacimiento arqueológico,
en la boca de un esqueleto.

El libro medía unos tres centímetros cuadrados
y su contenido suscitó mucho interés.

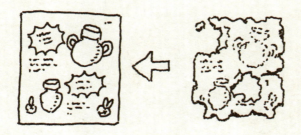

Al examinarlo, sin embargo, descubrieron que parecía ser una especie de catálogo de productos del mercado de la época.

Los expertos siguen preguntándose por qué lo meterían en la boca de un difunto.

Érase un libro del que ya no existe ni un ejemplar.
Yo mismo los he destruido todos.

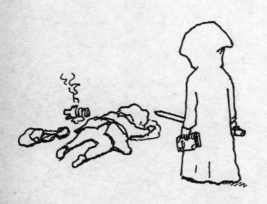

He dedicado toda mi vida
a localizar ejemplares
de este libro, arrebatárselos
a sus dueños y hacerlos
desaparecer.

Justo ahora acabo de quemar el último.
Cuando yo ya no esté, no quedará
ninguna prueba de su existencia.

Pero me acaba
de asaltar
una idea repentina.

¿Y si escribiera un libro
sobre las cosas
que he hecho a lo largo
de toda una vida
consagrada a este libro?

Entonces,
mi vida entera
habría sido
un despilfarro
de principio a fin.

Por alguna razón,
la idea me parece
tremendamente tentadora.

No sé qué hacer.

Novena noche

Érase un libro que explicaba cómo dejar de tener
miedo a los zombis.
Cuando lo abrí por la primera página, encontré esto:
«Si te conviertes en un zombi, dejarás de tenerles miedo.
Más bien te gustarán».
Seguí hojeando el libro y leí varios consejos sobre qué
hacer cuando te conviertes en zombi:

1. Es posible que no hables como un zombi inmediatamente
después de que te muerdan, pero no desesperes: con el
tiempo empezarás a tener voz de ultratumba.

2. Si andas demasiado rápido, el humano perderá las ganas
de huir, así que debes perseguirlo despacio.

3. Ya no es necesario que te quites los zapatos cuando
entres en una casa.

4. No te servirá de nada preguntar: «Disculpe, ¿le importa
que le muerda aunque no nos hayan presentado?», porque
la otra persona solo entenderá: «Ga-gaa-ga, ¿ga-gaaa-gaga-ga-
ga-ga ga-ga-ga?».

5. Puedes morder a los humanos en el cuello, pero no debes chuparles la sangre. Eso es cosa de los vampiros.

6. Cuando la persona a la que persigues desaparezca de repente, la mayoría de las veces estará escondida debajo de un coche.

7. No puedes aullar en las noches de luna llena. Eso es cosa de los hombres lobo.

8. Si la persiana del edificio donde hay algún humano refugiado está a punto de cerrarse, apártate y procura que no te pille en medio.

9. Cuando la pelota de béisbol de unos chavales que juegan junto al río llegue volando a tus pies, ¡no se la devuelvas! Aunque te la pidan a gritos.

10. Aunque tus amigos de cuando eras humano te llamen por tu nombre, no te vuelvas hasta que se acerquen a ti y te pongan la mano en el hombro.

Hay otro libro del mismo autor titulado *Método para no tener miedo a los fantasmas*, pero creo que no tengo necesidad de leerlo.

Érase un libro que a veces escondía los marcapáginas. A mí me escondió tres que me gustaban mucho, y a mi madre le hizo desaparecer un billete de cinco mil yenes de sus ahorros. Indignada, cogió el libro por el lomo, lo puso boca abajo y lo sacudió enérgicamente. Entonces, el billete y mis tres marcapáginas favoritos se desprendieron de entre las páginas del libro y cayeron al suelo. Para acabar, mi madre le dio unas palmaditas en la cubierta y el libro soltó una fotografía en la que salían mis padres de jóvenes. Mi padre llevaba un sombrero que parecía de mago.

«¡Aquí estaba!», susurró mi madre mirando la foto con nostalgia.

Érase un libro del que solo existían ocho ejemplares en todo el mundo.

Decían que, si lograbas reunirlos todos, se te cumpliría un deseo. El

primero me lo trajo un pájaro. El segundo lo compré en una subasta online.

El tercero lo encontré en una librería de ocasión. El cuarto me lo regaló

el dueño de la misma librería, diciéndome: «Llévese este también».

Sobre el quinto todavía no puedo decir nada. El sexto lo tenía mi padre

en su biblioteca. El séptimo lo rescaté de un contenedor de reciclaje de

papel. El octavo lo recuperé al derrotar a mi último enemigo. Volviendo

a la historia del quinto: alguien lo echó por equivocación a una hoguera

de campamento, por eso era imposible conseguir los ocho ejemplares.

Pensé que, si echaba a la hoguera los otros siete que ya tenía, se reunirían

todos en algún lugar, aunque no fuera en este mundo. Quizá sería la

forma de resucitar al quinto. Quemé los siete que tenía y, al cabo de un

momento, el quinto cayó del cielo. ¡Qué éxito! ¡Justo lo que imaginaba!

¡Por fin tenía el quinto ejemplar! Solo me faltaban siete… ¡Mecachis!

Érase un libro que no podía estar en una biblioteca. Cuando lo dejabas en el estante, se oía un fuerte estruendo y la tierra empezaba a retumbar, la gran estantería se resquebrajaba y se partía en dos, y otra enorme estantería resplandeciente se elevaba desde el suelo y también se partía en dos, revelando en su interior una cabina de mando, y toda la biblioteca despegaba hacia el espacio.

Érase un libro que… ¿de verdad era Este libro?

Él afirma que sí, pero yo tengo mis dudas.

Cuando Este libro está distraído y le grito por detrás:

«¡Eh, Ese libro!», siempre se vuelve y pregunta: «¿Sí?».

Por eso creo que no es Este libro, sino Ese libro.

Érase un libro completamente blanco.
Mi madre, con un kimono negro como el carbón, lo sostenía
delicadamente contra su pecho.

Yo iba a la escuela infantil la primera vez que lo vi.
El libro blanco estaba lleno de fotografías mías de cuando
era un bebé y de excursiones que hacía con la escuela
infantil, y de cuando mis padres me llevaban a la playa.
Mi padre escribía anotaciones a mano al lado de las fotos,
pero yo aún no sabía leerlas. Cuando era pequeña tampoco
sabía leer el título escrito en la cubierta blanca.
—Ahora miren aquí, por favor.
Con la voz del maestro de ceremonias, las luces de la sala
se atenúan lentamente y una gran pantalla desciende
del techo.
Todos a la vez, los invitados apartan las manos de la comida
y las copas y miran hacia la pantalla. Sobre el fondo negro
aparecen unas letras blancas: «8 de abril de 2009». Las
imágenes se grabaron diez años atrás. No pregunto qué es.
Le lanzo una mirada al novio, que está sentado a mi lado,
y él se limita a asentir sin decirme nada.
La pantalla se ilumina y se oye la alegre voz de mi madre
diciendo:
—Luces, cámara, ¡acción!

En un lugar que parece la azotea de un edificio aparece
mi padre vestido de etiqueta y sentado en una silla plegable.
A su espalda se extiende el luminoso cielo azul. Está más
delgado y consumido de lo que yo recordaba. ¡Claro! Es la
azotea del hospital donde estuvo ingresado hasta que murió.
Empieza a hablarme desde la pantalla:

—¡Enhorabuena por tu boda, Aiko!

Se oye la risa de mi madre detrás de la cámara. Diez años
más tarde, en la sala de ceremonias, ha roto a llorar.

Mi padre empieza a hojear el libro blanco:

—Aquí sale Aiko recién nacida… Ahora ya estás en secundaria,
¡cómo pasa el tiempo! —dice mientras vuelve las páginas
del libro—. No sé cuántos años habrán transcurrido cuando
veas este vídeo, pero he decidido grabarlo porque mi sueño
siempre ha sido estar en tu boda.

Se oye el murmullo del viento que sopla en la azotea.

—Si te casaras el año que viene o en una fecha próxima,
podría ir a tu boda en persona y ya no necesitaría grabarte
este mensaje, pero…

—¡El año que viene aún estará en el instituto! —le recuerda
mi madre riendo.

—Claro, es verdad. Empecé a estudiar trompeta cuando
tenía treinta y ocho años, y todo el mundo se reía de mí
cuando explicaba el motivo: quería tocar la trompeta

en la boda de mi hija. «¡Pero si no tienes hija! ¡Ni siquiera tienes novia!», me decían. Eso fue antes de conocer a tu madre. Pero yo lo decía en serio: un día estaba solo tomando una copa y pensando en el discurso que iba a pronunciar en la boda de mi hija cuando la tuviera y se me ocurrió la idea de tocar la trompeta. Pensé que, si no empezaba a aprender entonces, no llegaría a tiempo. Para que veas que ya pensaba en ti antes de que nacieras.

—Qué trascendental te has puesto —dice mi madre riendo, y le alarga la trompeta.

—Sácame una foto, anda. Quiero pegarla en este libro —le dice mi padre, cogiendo la trompeta—. Bien, ahora escucha.

Mi padre se levanta, se lleva la trompeta a los labios y toca *The Rose*. Suena fenomenal desde la primera nota. La música de la trompeta eclipsa la risa de mi madre, el murmullo del viento y el rumor de la sala de ceremonias. Mi padre estaba ahí. Todo el mundo miraba la pantalla. Fue una breve interpretación de unos tres minutos. Cuando terminó, los aplausos inundaron la sala. En la pantalla, mi padre empezó a hablar de nuevo:

—Tu padre siempre estará en el mismo escenario
que tú, Aiko. Enhorabuena por tu boda. Que seas
muy feliz.
Ahora estoy en el mismo escenario que mi padre.

Mi madre, vestida con un kimono negro como el carbón,
lloraba y levantaba el libro blanco con ambas manos
como si fuera un trofeo. Vi el título que de pequeña
no sabía leer: *Mi vida*. Pensé que ya entonces mi
padre imaginaba el mundo desde mi punto de vista.
Puede que mi vida sea también la de mi padre.
De repente, me acordé de sus manos grandes y cálidas.

Érase un libro
que se precipitó
directo a mí.

No tuve tiempo
de esquivarlo
y me golpeó
en la cabeza.

Caí de espaldas al suelo.

No sé cuánto tiempo pasó,
pero, cuando recobré el conocimiento,
me había convertido en el libro.

A mi lado
había un humano
que me miraba
confuso.

La intuición me dijo
que mi contenido
se había intercambiado
con el del libro.

El humano, que quizá había llegado a la misma conclusión, me miró de reojo y se largó.

Me sorprendieron dos cosas.

La primera fue descubrir que los libros tenían conciencia.

La segunda fue que estaba insólitamente tranquilo, a pesar de que me había convertido en un libro y no podía moverme.

Tenía muchos motivos para estar preocupado, pero me invadió cierta nostalgia al verme convertido en libro.

Eso me hizo pensar que
quizá antes ya fuera un libro.

Puede que en algún momento,
llevado por un impulso,
deseara ser humano solo
por un tiempo.

Siempre me he sentido inseguro,
como si no fuera yo mismo,
como si no estuviera donde
supuestamente debería estar.

Quizá me sentía así porque,
en realidad, no era un ser humano.

Ahora por fin había vuelto a mi forma original.

Mientras contemplaba
el cielo, distraído y dando
vueltas a todas estas cosas,
tirado al borde de la acera,
alguien que pasaba por allí
me recogió.

Esa persona me hojeó y se fijó
en la pegatina que llevaba
en el lomo.

Me metió en el
buzón de devoluciones
de la biblioteca,
que se encontraba
a cierta distancia,
y se fue.

¡Claro! Yo era un libro de biblioteca.

A la mañana siguiente, llegó la bibliotecaria.
Consultó la pegatina de mi lomo y me llevó
a la sección donde me correspondía estar.

Un edificio lleno de libros.
Una sala llena de libros.
Una estantería llena de libros.

Me introdujo en un hueco
que había al final del estante.

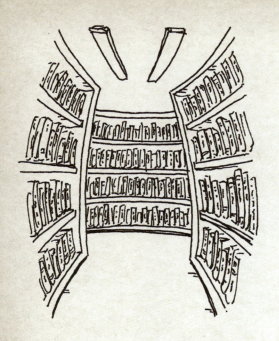

Cuando la bibliotecaria se fue, los demás libros de la sala empezaron a hablarme todos a la vez:

—¡Bienvenido de nuevo!

Me sentí muy aliviado.

Sí, es verdad.
¡Este era mi lugar!

Mi yo rectangular encajaba perfectamente en ese hueco rectangular.

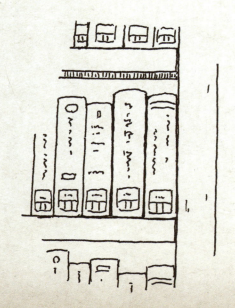

Por fin había vuelto a casa
después de un larguísimo viaje.

Me acordé de todo y
empecé a tener sueño.
Mientras mi conciencia
se desvanecía, murmuré:

—Ya estoy en casa.

Érase un libro que solo se podía leer en sueños. Yo lo leí
en un sueño que tuve la noche antes de empezar en el
nuevo colegio.

Se titulaba *Método para hacer nuevos amigos*. Abrí el libro
y la protagonista estaba en un rincón del aula, nerviosa y
preguntándose cómo hacer amigos.

Entonces, una voz que no sabía de dónde venía dijo:

—Es muy fácil.

—Enséñame —le pidió la protagonista para sus adentros,
y, entonces, la voz…

En ese momento, me desperté.

Al final, tuve que ir al colegio sin haber leído el método
para hacer nuevos amigos. Me quedé nerviosa en un
rincón del aula. ¿Cómo podía hacer que mis nuevos
compañeros fueran amigos míos? ¡Ojalá hubiera podido leer
ese libro en sueños! ¡Me gustaría tanto saber cómo continuaba!
¿Y si intentaba volver a dormirme? No, no podía ponerme
a dormir en la escuela. Intenté oír esa voz, pero era la voz

de un libro, así que no había manera de oírla. Estaba
ya confundiendo el libro con la realidad. Me hizo gracia
y me puse a reír en voz alta, yo sola.

—¿De qué te ríes? —me preguntó entonces una de
mis nuevas compañeras, y así fue como empezamos
a hablar.

Aquella noche pude leer la continuación del libro
en sueños.

—Es muy fácil —le dijo la voz a la protagonista—.
Si sonríes, seguro que alguien se acerca a hablar
contigo.

Por fin había conseguido leer lo que más me interesaba.
Me sentí tan aliviada que me quedé dormida incluso
en mi sueño.

Érase un libro que tenía un demonio preso en su interior.
Por eso tenía tantos amuletos pegados. Yo, que estaba
a punto de renunciar a la vida, los despegué todos.
Sabía que el demonio me podía aterrorizar e incluso
destruir el mundo, pero me daba igual.
Liberé al demonio preso en el libro. Era bastante
más grande de lo que había imaginado, y su cara
también era más diabólica de lo que pensaba.
Supuse que yo sería su primera presa, pero entonces
me dijo:
—Te estoy muy agradecido. Llevo centenares de años
atrapado en este libro y estaba muy aburrido. Estaré
en deuda contigo eternamente.
No sabía que los demonios fueran tan educados.
De todos modos, le pregunté:
—¿No deberías dar miedo, tú que eres un demonio?
Él se echó a reír y me respondió:
—Eso era hace mucho tiempo, ¿no crees? Yo también
fui joven.

Érase un libro en el que se presentaban robots de todo el mundo. Lo escribió un robot muy responsable, el profesor LIBRO-1400, para los robots. En realidad, este libro también es parte de un robot. Cuando haya un conflicto entre humanos y robots y los robots estén en peligro, deberán reunir 1.400 ejemplares de este libro, que se fusionarán para formar un robot gigante. La idea es que, llegado el momento, el robot gigante pueda luchar contra los humanos. Pero como el profesor era muy responsable, dejó escrito este secreto en el prólogo del libro.

Por eso los humanos ya lo saben.

Érase un libro que un día por la tarde flotó un poco.
Estaba encima de la mesa y se levantó por algún motivo
inexplicable. Cuando lo cogí y lo volví a colocar en
su sitio, el libro volvió a levitar como si un globo invisible
tirase de él.
Al día siguiente, el libro flotó de nuevo. Empezó a hacerlo
todos los días. Yo no soy de los que dejan escapar un libro
que están leyendo, así que lo cogí por la esquina. Entonces
mi cuerpo se levantó del suelo y empezó a flotar tras el
libro. El libro salió por la ventana tras deslizarse
por el techo. Mi madre, que me vio cruzar el jardín
suspendido en el aire, se agarró a mi pie para intentar
bajarme, pero ella también empezó a flotar. Y detrás
de mi madre vino mi padre, agarrado a su pie.
Esto ocurrió hace unos días. Ahora hay un vecino colgado
del pie de mi padre, un policía colgado del pie del vecino
y un panadero colgado del pie del policía.

Personas de toda la ciudad se agarraron a alguien
para intentar bajar a sus familiares o amigos, pero
todos acabaron suspendidos en el aire. El libro
subió más alto que los edificios y, al final, más que
las montañas. Cuando todos los habitantes de la ciudad
estaban flotando, un topo gigante emergió a la superficie
y abrió su enorme boca. Si hubiera quedado alguien en la
ciudad, lo habría devorado.
El topo gigante se sorprendió al no encontrar a nadie,
pero se sorprendió aún más al ver tanta gente volando
y decidió regresar a su madriguera.
Entonces, el libro que yo sujetaba se hizo un poco
más pesado y empezó a descender lentamente.
Los habitantes de la ciudad regresaron a la normalidad
como si nada hubiera ocurrido. Yo le di las gracias
al libro y retomé la lectura que había dejado a medias.

Duodécima noche

Érase un libro
que no tuvo buena acogida.

Porque era un libro en que el héroe perdía.

Pero hubo un tiempo
en el que nada me salía bien
y no me sentía normal.
Los fracasos del héroe
de ese libro eran
mi único consuelo.

Lo veía como un compañero que caminaba conmigo
por las profundidades del pozo donde me hallaba.

Parecía una historia escrita especialmente para mí.

Más adelante,
cuando las cosas
ya habían cambiado
y mi vida era un poco
más fácil, me acordé
de repente del libro.

Sentí curiosidad
por saber en qué se
habría inspirado el autor
para escribirlo.

Después de mucho indagar,
descubrí algo sorprendente.

El autor del libro había servido en el ejército
y coincidió durante un tiempo
con mi padre en la misma unidad.

Mi padre se preocupó
por mí hasta el final,
según mi madre, pues yo
me encontraba muy mal
y estaba vivo de milagro.

En el campo de batalla,
con la muerte acechando
día y noche, mi padre pudo
haber contado mi historia
a aquel hombre
que más adelante
se convertiría en escritor.

Ahora ambos
están muertos,
así que no tengo
forma de comprobarlo.

Pero quizá el escritor
hizo ese libro
para animarme a mí,
aunque nunca
llegó a conocerme.

Y yo, por casualidad,
leí el libro y me salvé,
a pesar de que no conocía
las circunstancias
que lo rodeaban.

De ser así, un libro escrito
para una sola persona
habría llegado a su destinatario
a través del tiempo y el espacio.

¿Realmente es posible
algo tan milagroso?

Sí, es posible.
Al menos no es
del todo imposible.

Después de mucho pensar,
me di cuenta de otra cosa.

Yo había recibido el mensaje del autor de forma milagrosa.

Esto también significa que hay un sinfín de libros en el mundo escritos para destinatarios que quizá nunca lleguen a recibir el suyo.

Para el ser humano, escribir un libro ha sido siempre como meter un mensaje en una botella y echarla al mar.

Y confiar en una pequeñísima posibilidad
que, por remota que sea, existe.

Érase un libro que aún no ha nacido.

Su autor lo está escribiendo en un piso pequeño

y viejo de la ciudad, mientras todo el mundo duerme.

El libro solo existe en su cabeza. Nadie lo espera.

Algunos incluso creen que no logrará acabarlo.

Pero puede que algún día alguien lo lea y se ría con él.

Puede que se lo recomiende a un amigo, o que lo utilice

de salvamanteles, o que diga que es aburrido.

No lo sabe nadie. Aun así, el escritor sigue creando

este libro que aún no ha nacido.

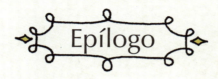

Epílogo

Érase una vez un libro en cuya portada
figuraban los nombres de dos hombres.

Fue escrito por orden de un rey.
He aquí la historia que contaba.

Tras escuchar las numerosas historias sobre libros que le contaron los dos hombres, el rey se dio por satisfecho.

Entonces le dijo a su criado:
—Los libros son muy interesantes. Quiero que reúnas en un único volumen todas las historias que han recopilado estos dos hombres.

Al mes siguiente, el rey falleció.

Respetando la última voluntad del soberano,
el criado reunió en un único libro las historias
que ambos hombres habían recopilado.

Seis meses más tarde,
un periodista hizo
un descubrimiento inesperado.

Los dos hombres, que supuestamente
habían viajado durante un año
por todo el mundo, en realidad
no habían ido a ninguna parte.

Se habían quedado en casa, inventándose todas las historias y sobreviviendo con el dinero que el rey les había entregado para el viaje.

Los hombres fueron detenidos
y acusados de dos delitos:
haber malversado los fondos
destinados al viaje
y haber mentido al rey.

Un tribunal los declaró culpables y el juez
les preguntó si querían decir unas últimas palabras.
Tras una breve reflexión, los dos hombres
empezaron a hablar al unísono:

—Érase una vez un libro...

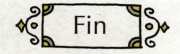